Mon coffret Montessori

livret d'accompagnement

LAROUSSE

Direction de la publication : Carine Girac-Marinier
Direction éditoriale : Julie Pelpel-Moulian
Édition : Alice Donet
Direction artistique : Uli Meindl
Conception graphique : Cécile Rabataud
Fabrication : Ombeline Canaud

Illustrations : Lotie
Préface de Delphine Urvoy

ISBN : 978-2-03-597322-1

SOMMAIRE

PRÉFACE

« L'Enfant n'est pas un vase qu'on remplit, mais une source qu'on laisse jaillir. »

Maria Montessori

C'est par l'utilisation constante de tous ses sens que l'enfant découvre le monde qui l'entoure et le comprend. C'est l'expérience du concret, du visible et du palpable, qui va progressivement le mener vers la pleine maîtrise de l'abstraction.

À l'aide des cartes contenues dans ce coffret et guidé par vous, votre enfant va enrichir son vocabulaire en nommant les images, et s'initier à la lecture et à l'écriture de façon sensorielle. Faire connaissance avec les lettres et les chiffres, ce n'est pas seulement les voir, c'est aussi les toucher, les tracer, se les approprier en les manipulant... Un exercice simple consiste notamment à repérer les contrastes : par exemple lisse/rugueux.

Les lettres rugueuses font partie des fondamentaux du matériel Montessori : elles sont la base incontournable de l'entrée dans la lecture et l'écrit. Elles indiquent à l'enfant le mouvement de l'écriture (l'amorce, la trajectoire et le sens du geste), et permettent la mise en relation des signes et des sons. À tout moment les doigts de l'enfant sont guidés par la forme de la lettre.

Avant toute chose, prenez le temps de découvrir le contenu de ce coffret et d'imaginer les possibilités qu'il offre. Ensuite, pour chaque activité, présentez lentement les éléments du coffret à votre enfant, ainsi que les mouvements et sons associés. Invitez-le à reproduire ce qu'il a vu et entendu et laissez-le vous guider dans son envie de découvrir par lui-même.

C'est le début d'un apprentissage heureux et passionnant de la lecture et de l'écriture, du plaisir d'apprendre et du bonheur de comprendre, puis de « faire tout seul ».

Delphine Urvoy
Professeur des écoles

CONTENU DU COFFRET

Ce coffret, conçu pour accompagner l'enfant dans la découverte de l'écriture et de la lecture, contient :

- Un livret d'accompagnement, destiné aux parents, qui vous délivrera de précieux conseils pour accompagner votre enfant et exploiter toutes les possibilités du coffret.
- Deux jeux de 26 lettres rugueuses cursives.
- Deux jeux de 26 lettres rugueuses majuscules.
- Un jeu de 11 cartes chiffres (de 0 à 10).
- 26 cartes images recto-verso, associant une lettre à une illustration.

Tous ces outils permettent d'aborder l'écriture et la lecture, en douceur et sous l'angle du jeu.

COMMENT UTILISER CE COFFRET ?

LES LETTRES RUGUEUSES

Ce coffret contient du matériel sensoriel, support fondamental de la pédagogie Montessori. Les lettres rugueuses, en mettant en relief le dessin des lettres, permettent à l'enfant de le percevoir par ses sens (vue, toucher, ouïe) et ainsi de le mémoriser plus aisément, le tout dans une démarche ludique.

Pour ce coffret, nous avons fait le choix de vous proposer deux jeux de majuscules et deux jeux de cursives afin que l'enfant puisse explorer, sans entrave, les possibilités de l'écriture. Sans brider son imagination et ses possibilités, il pourra ainsi apprendre à écrire les choses les plus basiques (des mots simples, son propre prénom, ceux de ses proches) et progresser vers des mots plus complexes et des ensembles de mots.

Le code couleurs adopté permet également d'établir dès le début une distinction entre voyelles et consonnes : les cartes vertes correspondent aux voyelles, les cartes bleues correspondent aux consonnes.

Souvent abordées en premier dans l'apprentissage de la lecture et de l'écriture, les majuscules ont toute leur importance dans ce coffret. Mais une large place est également accordée aux cursives. L'écriture cursive a été privilégiée, car plus proche de l'exercice de calligraphie. En suivant du bout des doigts le relief rugueux des lettres, l'enfant entraîne sa main en souplesse et se prépare à une belle écriture.

Méthode

Afin d'accompagner au mieux votre enfant dans son désir de découvrir et d'apprendre, voici quelques suggestions pour lui présenter les lettres rugueuses :

- Installez-vous à la droite de votre enfant et suivez le contour de la lettre choisie avec l'index et le majeur tout en prononçant le son de la lettre. Pour cela, reportez-vous au tableau de prononciation ci-après. Veillez à suivre le sens indiqué par le symbole (le point indique la flèche par laquelle commencer le tracé). Répétez votre action plusieurs fois.
- Invitez votre enfant à faire de même, laissez-le recommencer autant de fois qu'il le souhaite, sans guider ses doigts.

Cette méthode permet d'associer toutes les dimensions sensorielles de la lettre (visuelle, tactile et auditive). Grâce à la répétition des gestes, l'enfant mémorise, progresse et gagne en confiance.

Lorsque l'enfant aura assimilé l'ensemble de l'alphabet et se sera exercé plusieurs fois à tracer et à prononcer les lettres, vous pourrez passer aux jeux proposés dans ce livret.

Prononciation

En complément des approches visuelle et tactile, la lecture des lettres de l'alphabet doit se faire phonétiquement. Pour cela, entraînez-vous grâce au tableau ci-dessous à prononcer phonétiquement les lettres avant de les présenter à votre enfant.

a	*a*	n	*nne*
b	*bbe*	o	*o*
c	*kke*	p	*ppe*
d	*dde*	q	*kke*
e	*e*	r	*rre*
f	*ffe*	s	*sss*
g	*gue*	t	*tte*
h	pas de son (c'est la lettre silencieuse)	u	*u*
i	*i*	v	*vve*
j	*jje*	w	*vve*
k	*kke*	x	*kss*
l	*lle*	y	*yye*
m	*mme*	z	*zze*

LES CHIFFRES

Ce coffret propose une première approche de la lecture et de l'écriture des chiffres, de 0 à 10. Pour une initiation au dénombrement, ces cartes peuvent être associées aux cartes images.

Exemple : présentez la carte portant le chiffre 3 et placez en-dessous 3 cartes images (le loup, la baleine et le wapiti par exemple).

Dites : « 3 comme 3 animaux »

LES IMAGES

Les 26 cartes images proposées dans le coffret permettront à l'enfant de leur associer les sons, et de jouer à la dictée muette.

Sur le recto de ces cartes, l'illustration est nommée, et la lettre initiale est mise en valeur par un code couleur (bleu pour les consonnes, vert pour les voyelles). Le verso des cartes présente l'illustration seule, afin de solliciter la mémoire de l'enfant et de lui permettre de s'exercer à l'écriture (voir les différents jeux proposés).

JEUX

Pour être efficace, un apprentissage doit être stimulant, agréable, amusant et ne jamais ennuyer l'enfant. C'est pourquoi vous trouverez ici, en complément des utilisations basiques des cartes détaillées ci-avant, quelques jeux et activités qui permettent d'exploiter au maximum les possibilités du coffret et de mettre en pratique les enseignements que l'enfant a pu déjà acquérir.

MÉMO

Les jeux de mémoire type mémo sont très appréciés des enfants, et très intéressants pour la mémoire visuelle. Appliquer ces jeux aux lettres permet à l'enfant de mémoriser les majuscules et les cursives, et de se les approprier dans un contexte de jeu et de plaisir.

Dans le jeu de mémo, il s'agit de reconstituer des paires. Sélectionnez un certain nombre de cartes par paires (des cursives, des majuscules, ou les deux). Les majuscules présentent généralement moins de difficultés.

Placez les cartes face cachée sur une surface plane, une table par exemple. Demandez à l'enfant de retourner deux cartes. Il doit alors déterminer si ces deux cartes appartiennent à une même paire. Si c'est le cas, l'enfant remporte les cartes et peut en retourner deux nouvelles. Sinon, il les replace face cachée à l'endroit exact où elles étaient, et en retourne deux autres jusqu'à trouver une paire. L'objectif est donc à la fois de se souvenir de l'emplacement des cartes, et de reconnaître le caractère identique ou commun des cartes.

Les possibilités du jeu de mémo sont multiples. Voici les différentes associations (paires) permises par ce coffret :

- deux lettres majuscules,

- deux lettres cursives,

- une lettre majuscule et une lettre cursive,

- deux voyelles (majuscules ou cursives),

- deux consonnes (majuscules ou cursives),

- une image (côté verso, sans le mot) et la lettre (ou le son initial) qui lui est associée.

Votre enfant peut ainsi progresser dans sa connaissance des lettres, sans jamais se lasser !

ÉCRITURE

Les quatre jeux de lettres du coffret permettent d'aborder l'apprentissage de l'écriture par la composition de mots simples, puis de plus en plus complexes, en commençant par le propre prénom de l'enfant. Il peut assembler les cartes qui composent le mot, en majuscules ou en cursives.

Plus tard, lorsque l'enfant s'est bien familiarisé avec les lettres, il peut passer à une véritable écriture manuscrite à partir du modèle des lettres rugueuses. Vous pouvez ainsi lui proposer l'exercice du tracé de lettres dans du sable ou de la semoule.

Pour cela, versez un peu de sable ou de semoule dans un plateau. Demandez à l'enfant de choisir une lettre qu'il connaît bien et posez la carte à côté du plateau. Tracez la lettre sur la carte avec les doigts et prononcez le son correspondant. De la même manière, tracez ensuite la lettre dans le sable ou la semoule, en prononçant toujours le son.

Effacez le trait puis invitez l'enfant à reproduire les deux gestes (sur la carte et dans le sable ou la semoule).

N'hésitez pas à recommencer plusieurs fois afin que l'enfant mémorise le geste, et à le laisser explorer seul cette activité. Lorsque ce jeu est maîtrisé, vous pouvez le développer en passant à d'autres supports, comme une ardoise ou une feuille de papier. L'enfant parvient ainsi progressivement à l'écriture manuscrite.

DICTÉE MUETTE

Grâce aux cartes lettres, l'enfant peut également aborder la lecture et l'écriture à travers la dictée muette. Pour cela, on s'aide des cartes images : sélectionnez une carte image et prononcez très lentement le mot correspondant afin que l'enfant entende chaque son. Demandez-lui alors de sélectionner la carte portant la lettre qui représente le premier son et de la placer sous la carte image. Procédez ainsi pour les sons suivants.

On peut pratiquer cette activité à deux niveaux : avec le recto des cartes images portant le mot correspondant à l'illustration, ou avec le verso des cartes portant uniquement l'illustration. Dans cette seconde version, l'enfant devra avoir mémorisé le mot et le reconstituer sans l'avoir sous les yeux.

Pour prolonger et diversifier cette activité, vous pouvez l'appliquer à des objets du quotidien, familiers de l'enfant. Pour cela, préparez un sac contenant divers objets dont les noms sont des mots courts. Invitez l'enfant à sélectionner un objet et dites son nom très lentement afin qu'il entende chaque son. Demandez-lui ensuite de recomposer le mot à l'aide des cartes lettres. Vous pouvez établir une progression en choisissant des objets représentant des mots contenant de plus en plus de lettres.

SONS

En associant les cartes lettres et les cartes images, il est également possible de jouer avec les sons.

Par exemple, placez une carte image (côté verso, sans le mot écrit) et plusieurs cartes lettres en dessous. Prononcez le mot de l'illustration en insistant bien sur les sons, puis demandez à l'enfant de désigner, parmi les cartes lettres, celle(s) que l'on retrouve dans le mot.

Pour prolonger et diversifier cette activité, vous pouvez l'appliquer à des objets du quotidien, ou qui se trouvent autour de l'enfant. Sélectionnez une carte lettre, prononcez-la phonétiquement et demandez à l'enfant de désigner ou de citer un objet dont le nom commence par cette lettre ou contient cette lettre.

AUTRES

Voici quelques autres suggestions de jeux qui permettront à l'enfant de s'amuser tout en consolidant les acquis de l'écriture et de la lecture.

- Tracez une lettre dans le dos de l'enfant. Demandez-lui le son de la lettre.
- Tracez une lettre dans les airs en vous plaçant à côté de l'enfant. Demandez-lui le son de la lettre.

Imprimé en RPC
Dépôt légal : mai 2019
323304/03 - 11048959 - mai 2022

0
1
2
3
4
5
6
7
8
9
10

X
M
L
T
Z
I
P
R
B
W
E
X
S
J
A
Q
C
E
K
V
O
G
D
H
N
U

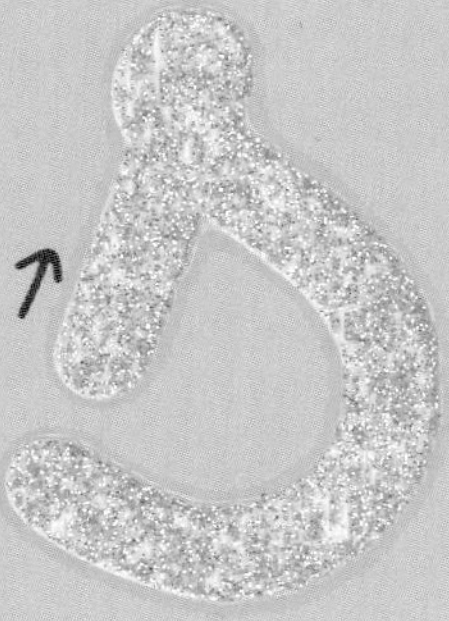

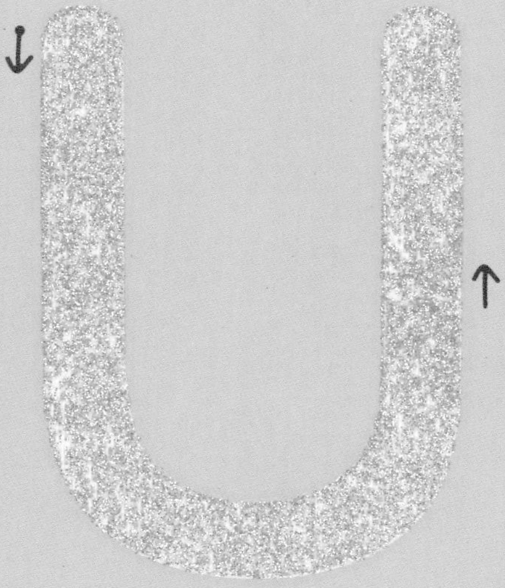
U

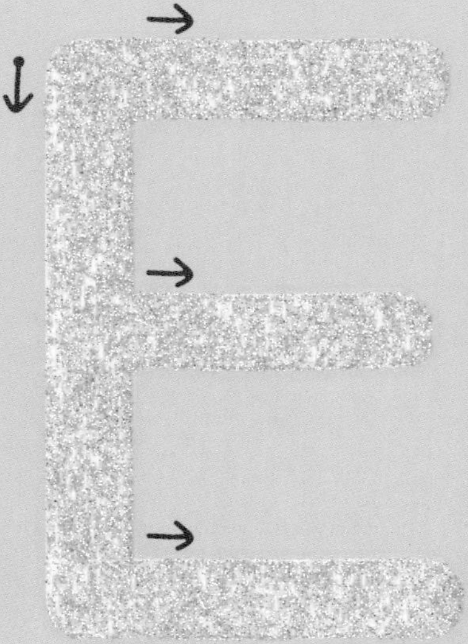

X M L
T Z I P
R B
W F Y S
J A Q C E K
V O
G D H
N U

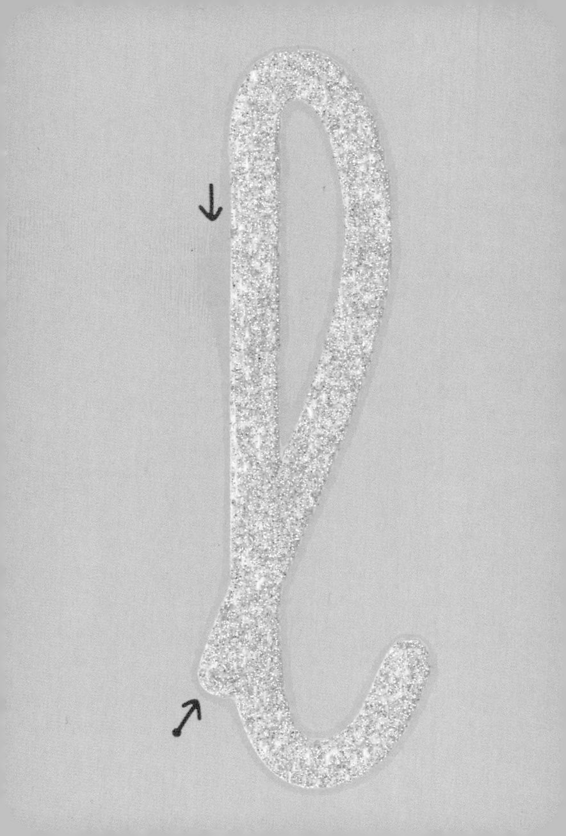

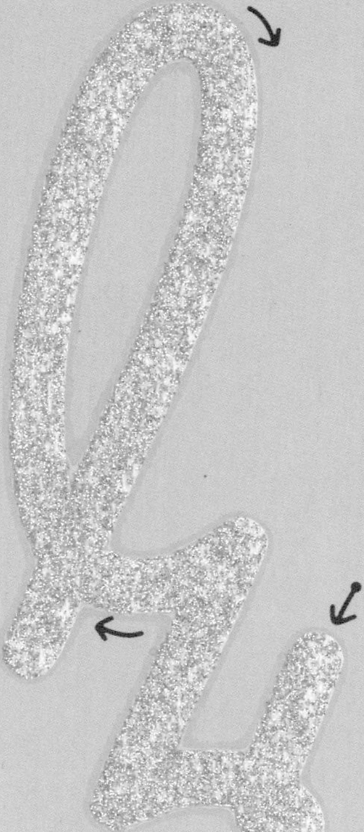

X M L
R T Z I P
W F X B S
J A Q C E K
V O
G D H
N U

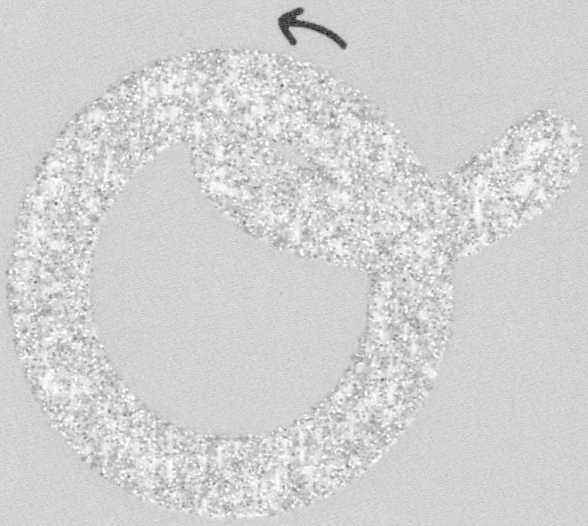

X
M
L
T
R
Z
I
P
W
E
X
B
S
J
A
Q
C
E
K
V
O
G
D
H
N
U

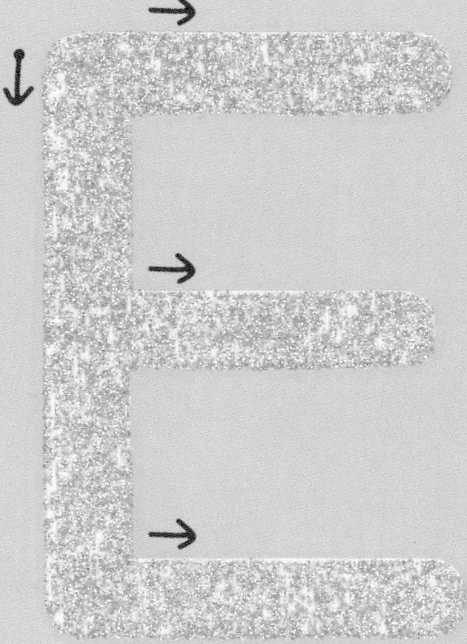

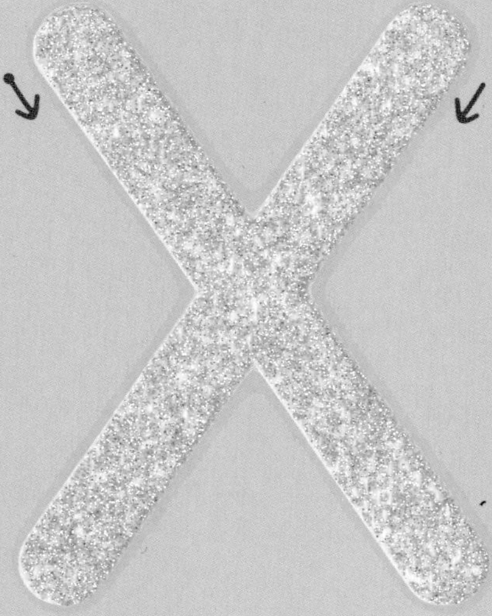

X M L
T Z I P
R
W F X B S
J C E K
A Q
V O
G D H
N U

M
L
X
T
Z
I
P
R
B
S
W
F
Y
J
A
Q
C
E
K
V
O
G
D
H
N
U

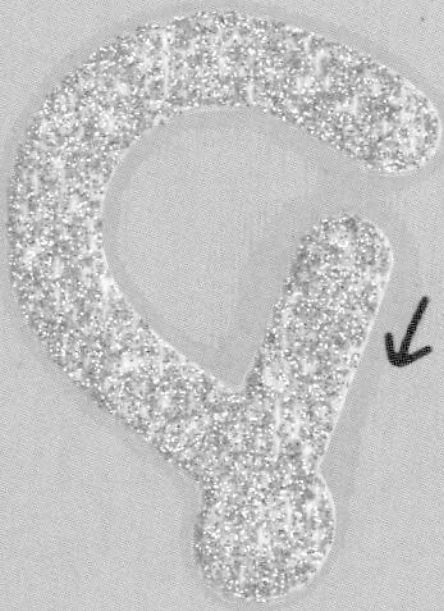

X
M
L
T
R
Z
I
P
W
F
X
B
S
J
A
Q
C
E
K
V
O
G
D
H
N
U

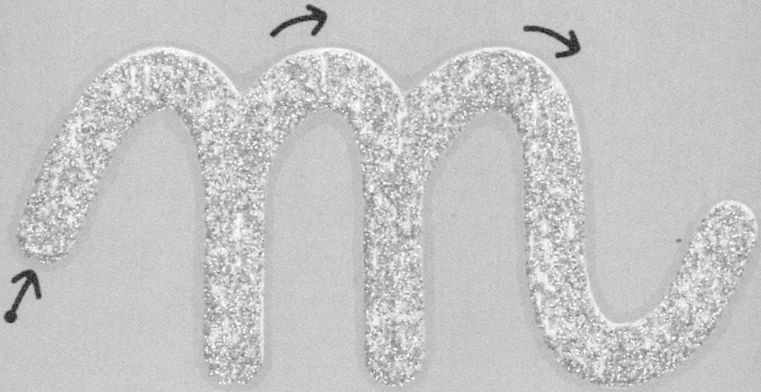

X
M
L
T
R
Z
I
P
W
F
Y
B
S
J
A
Q
C
E
K
V
O
G
D
H
N
U

X M L
R T Z I P
W F X B S
J A Q C E K
V O
G D H
N U

X M L
R T Z I P
W E X B S
J A Q C E K
V O
G D H
N U

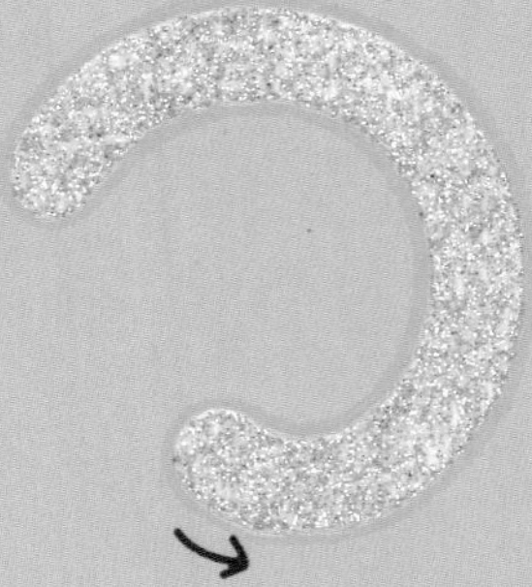

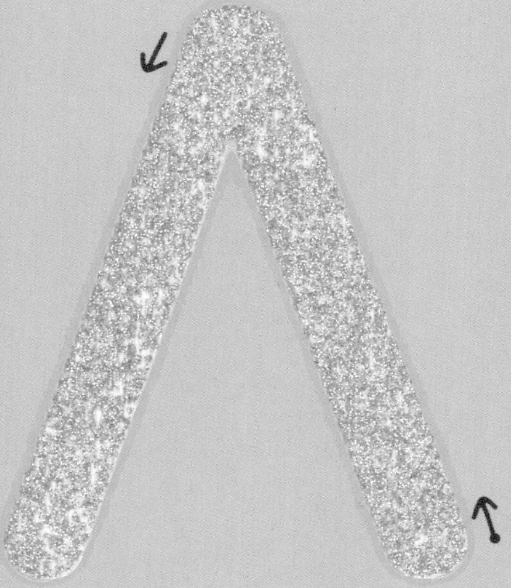

X
M
L
R
T
Z
I
P
W
E
Y
B
S
J
A
Q
C
E
K
V
O
G
D
H
N
U

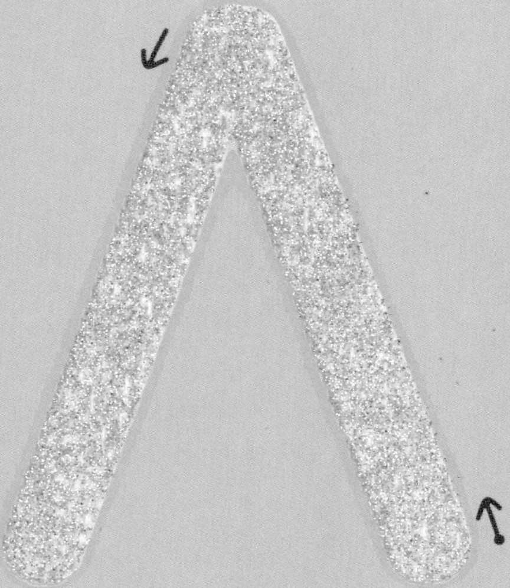

M
L
X
T
R
Z
I
P
B
W
E
X
S
J
A
Q
C
E
K
V
O
G
D
H
N
U

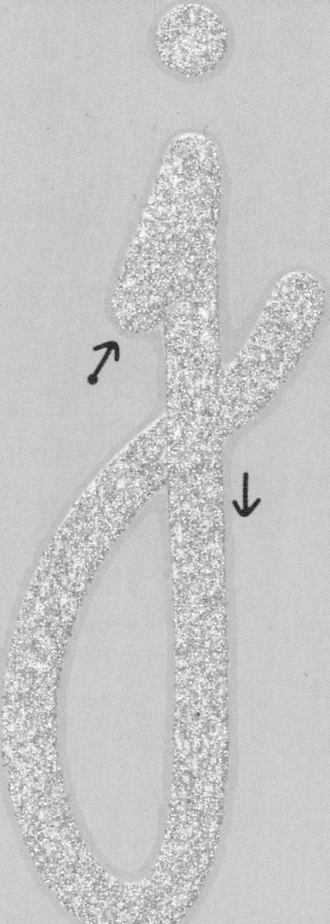

X M L
R T Z I P
W F X B S
J A Q C E K
V O
G D H
N U

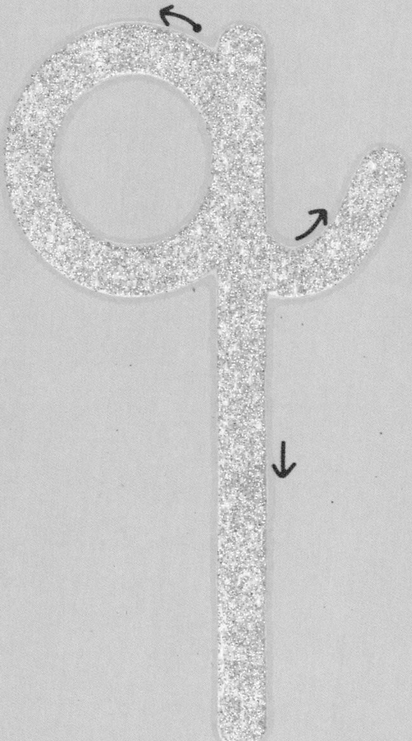

X
M
L
R
T
Z
I
P
W
F
X
B
S
J
A
Q
C
E
K
V
O
G
D
H
N
U

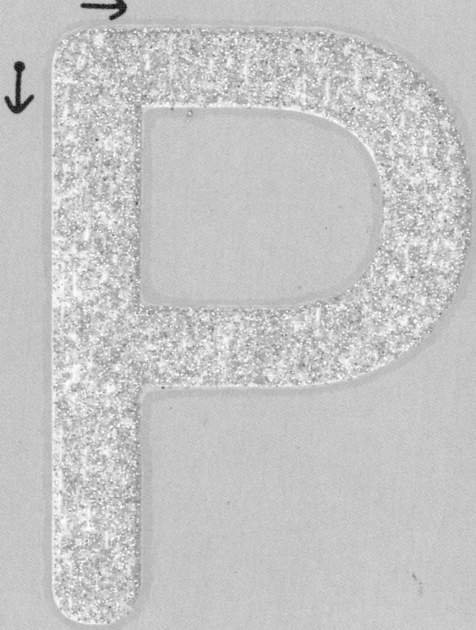
P

X
M
L
R
T
Z
I
P
W
F
X
B
S
J
A
Q
C
E
K
V
O
G
D
H
N
U

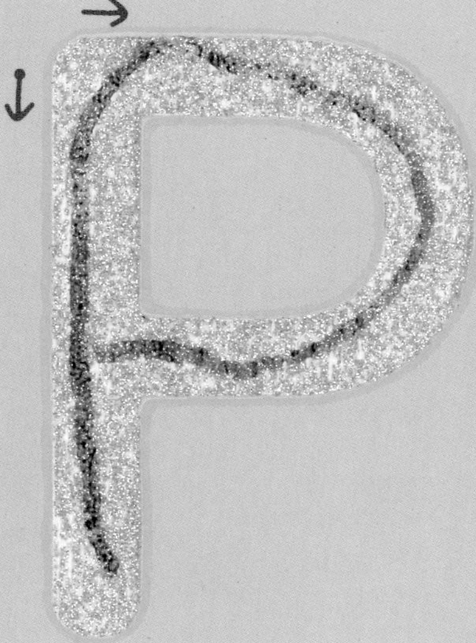
P

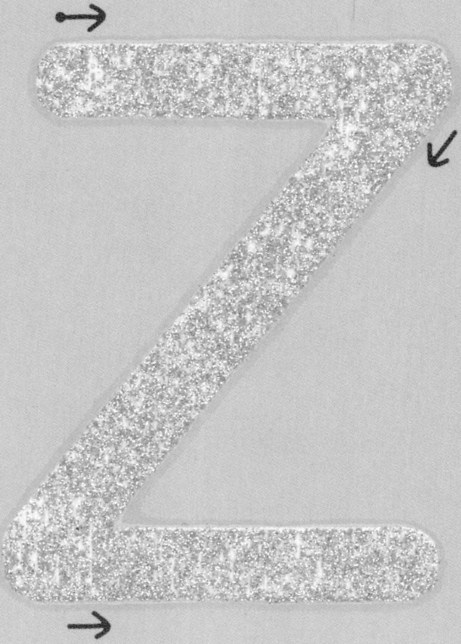
Z

X M L
R T Z I P
W E X B S
J C E K
A Q V O
G D H
N U

T

X M L
R T Z I P
W F X B S
J A Q C E K
V O
G D H
N U

X
M
L
R
T
Z
I
P
W
F
Y
B
S
J
A
Q
C
E
K
V
O
G
D
H
N
U

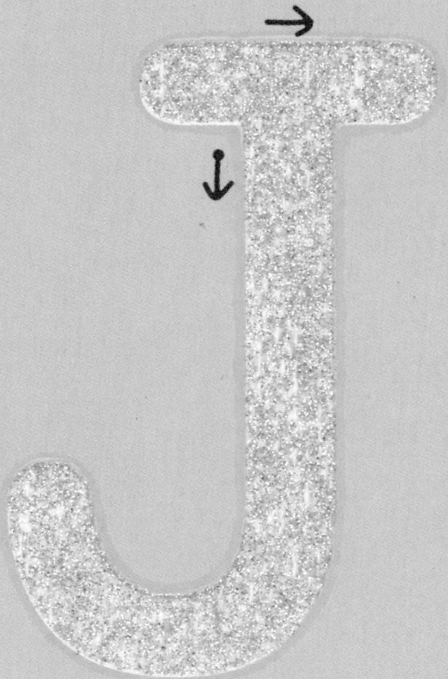
J

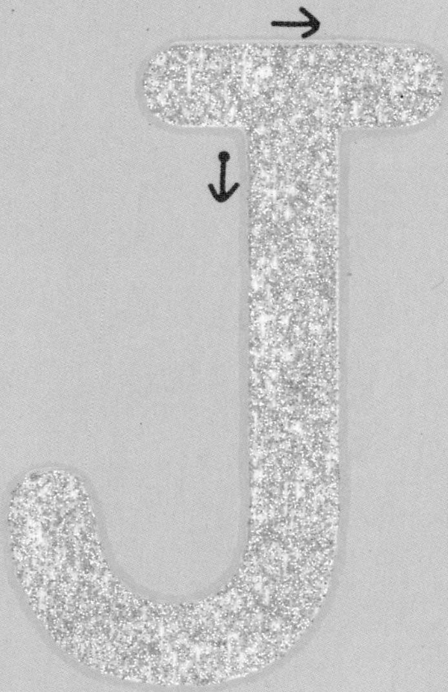

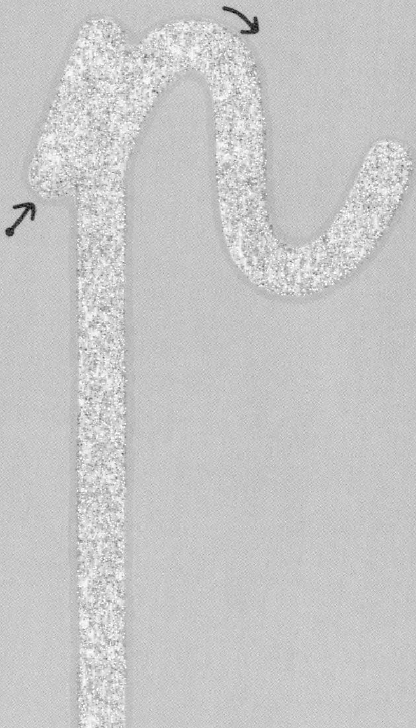

L

M
L
X
P
T
Z
I
R
B
W
F
Y
S
K
J
C
E
A
Q
V
O
G
D
H
N
U

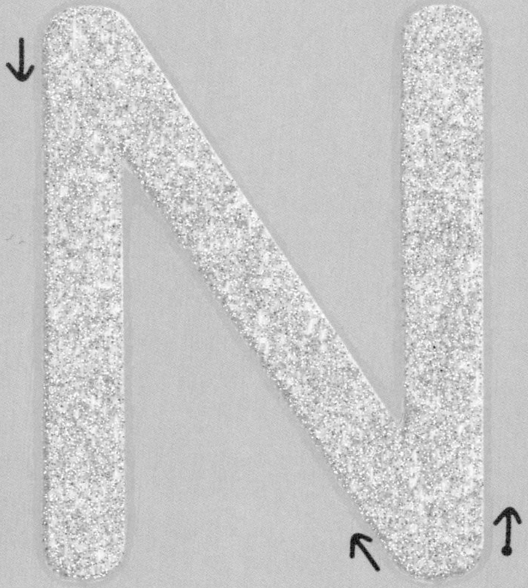
N

h

b

X M L
R T Z I P
W E X B S
J A Q C E K
V O
G D H
N U

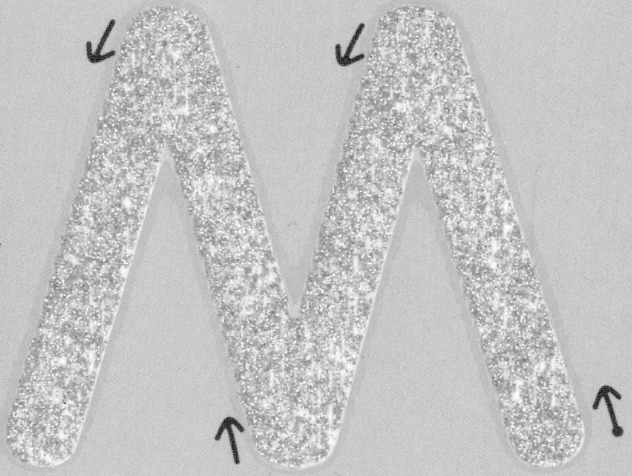
M

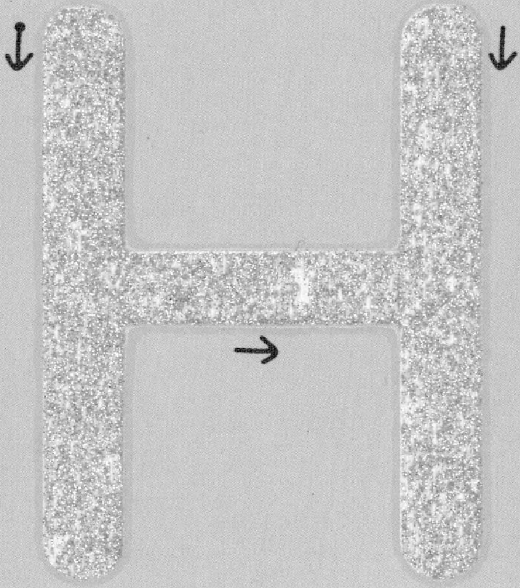

X M L
R T Z I P
W F X B S
J A Q C E K
V O
G D H
N U

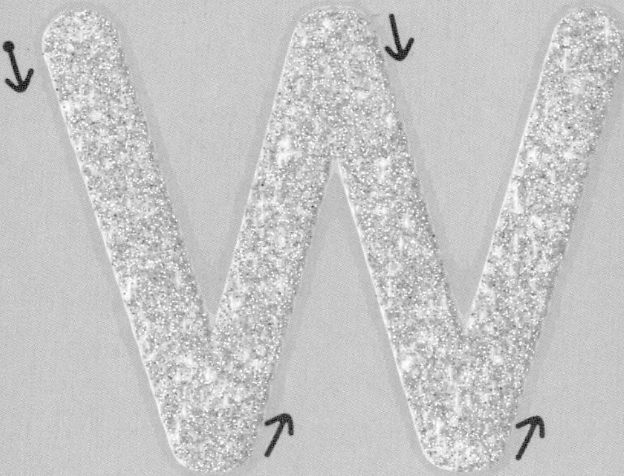
W

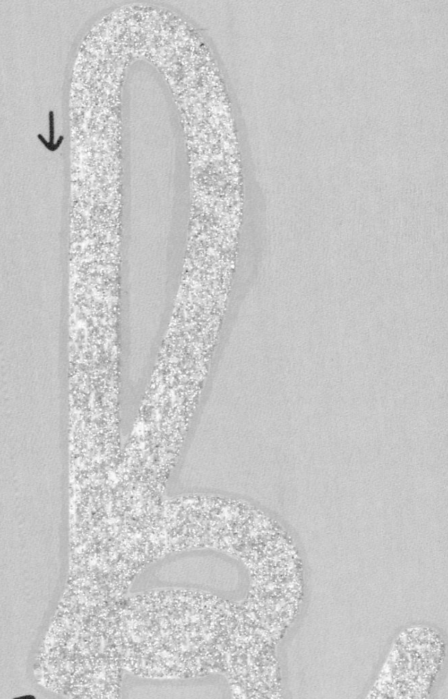

X M L
R T Z I P
W F X B S
J A Q C E K
V O
G D H
N U

S

X
M
L
R
T
Z
I
P
W
E
X
B
S
J
A
Q
C
E
K
V
O
G
D
H
N
U

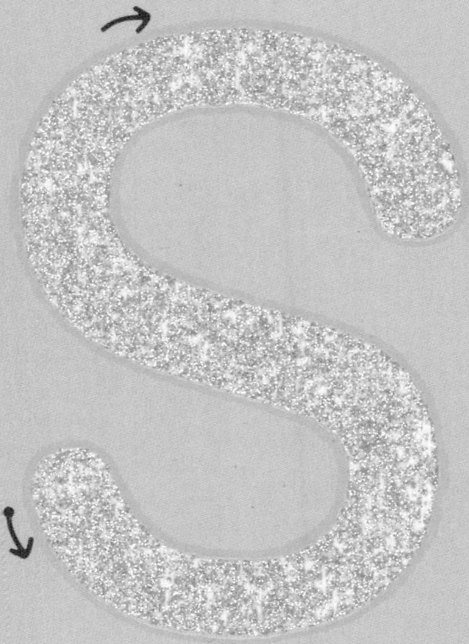

5

0
1
2
3
4
5
6
7
8
9
10

0
1
2
3
4
5
6
7
8
9
10

3

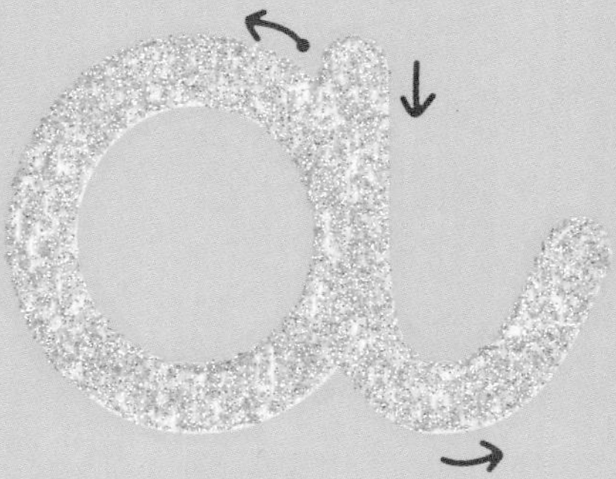

0
1
2
3
4
5
6
7
8
9
10

4

0
1
2
3
4
5
6
7
8
9
10

0

0
1
2
3
4
5
6
7
8
9
10

6

0
1
2
3
4
5
6
7
8
9
10

0
1
2
3
4
5
6
7
8
9
10

8

0
1
2
3
4
5
6
7
8
9
10

1

2

0
1
2
3
4
5
6
7
8
9
10

REQUIN

CRABE

VACHE

DAUPHIN

SOURIS

MOUTON

BALEINE

NUAGES

FORÊT

Loup

KANGOUROU

ÉLÉPHANT

TORTUE

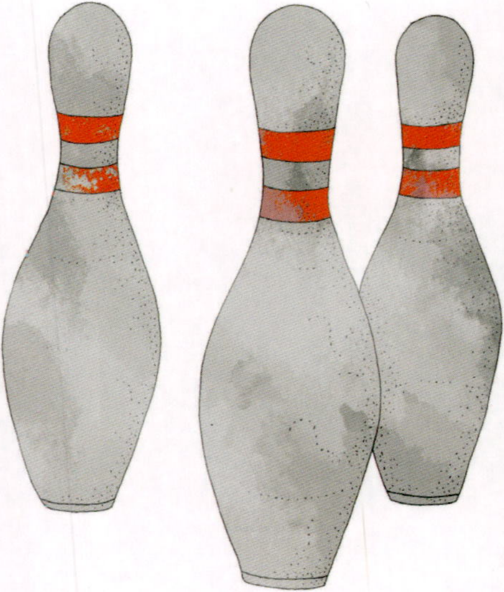

QUILLES

POUSSIN

GIRAFE

ARBRE

UNIVERS

ZÈBRE

ORANGE

JAGUAR

IGUANE

HOMARD

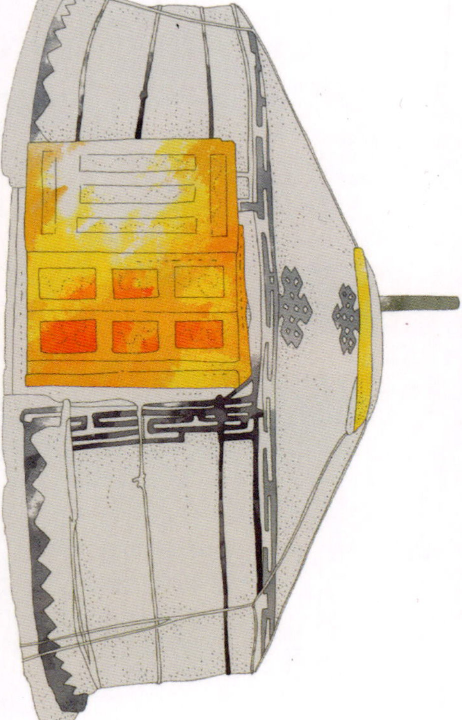

YOURTE

LYNX

WAPITI

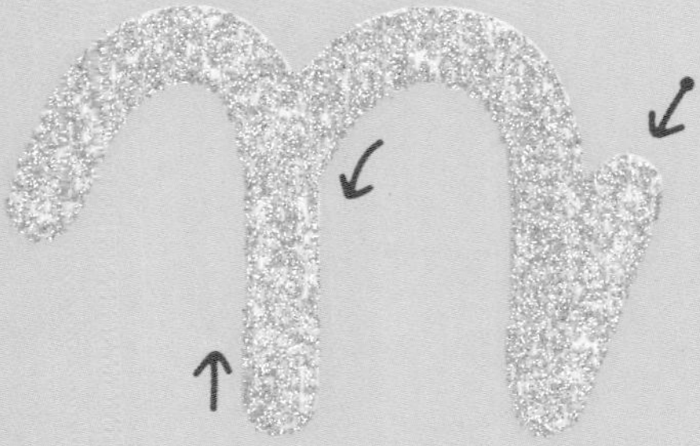

M
L
X
T
Z
I
P
R
W
F
X
B
S
J
A
Q
C
E
K
V
O
G
D
H
N
U

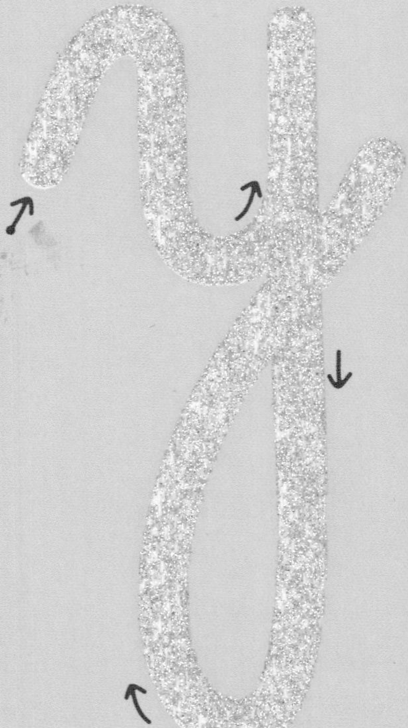

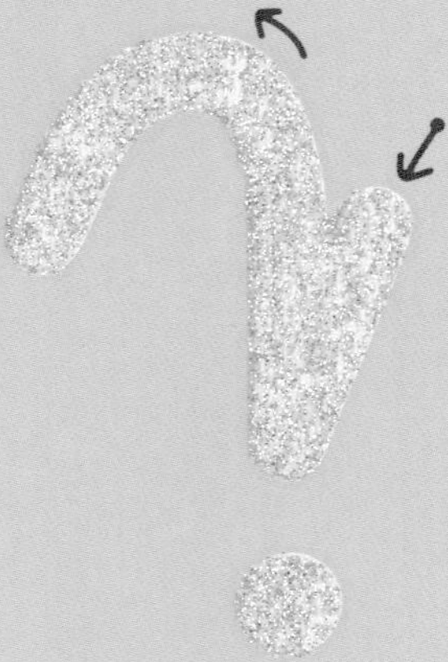

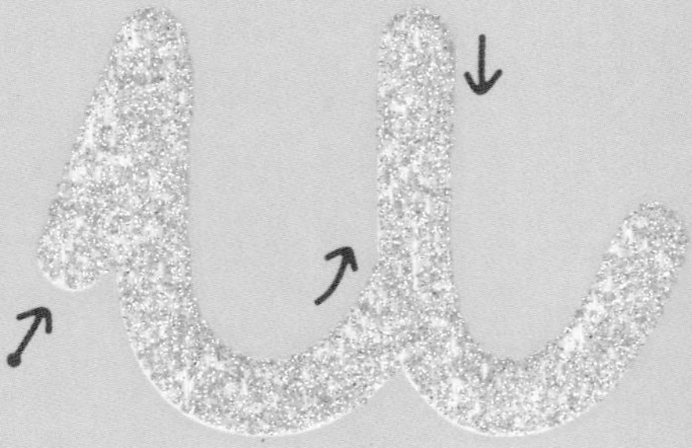

10

0
1
2
3
4
5
6
7
8
9
10

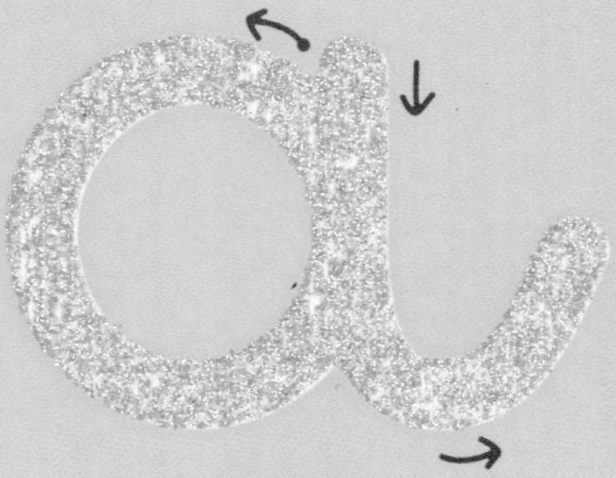

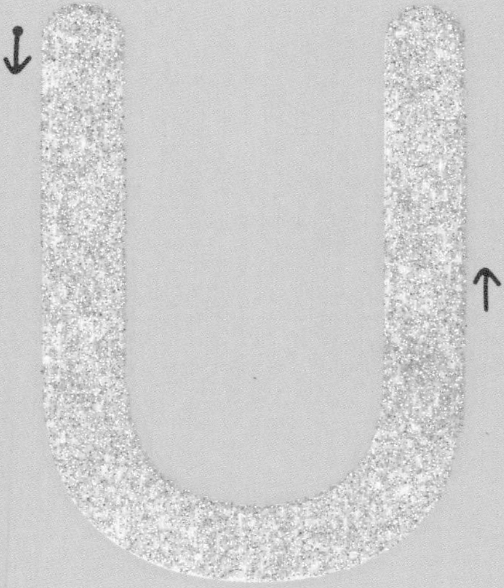

X M L
R T Z I P
W F X B S
J A Q C E K
V O
G D H
N U

X M L
R T Z I P
W F X B S
J A Q C E K
V O
G D H
N U

e

X M L R T Z I P W E X B S J A Q C E K V O G D H N U

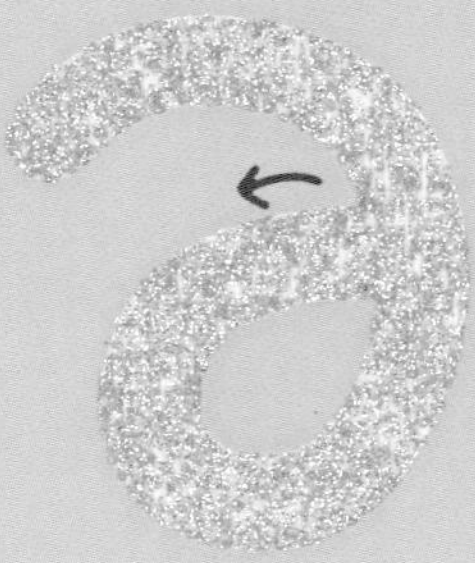

M
L
X
T
Z
I
P
R
B
W
F
X
S
K
J
C
E
A
Q
V
O
G
D
H
N
U

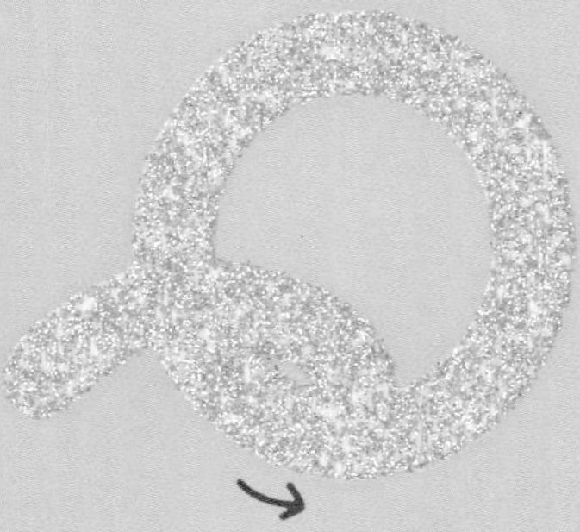

A

X
M
L
R
T
Z
I
P
B
S
W
F
X
J
A
Q
C
E
K
V
O
G
D
H
N
U

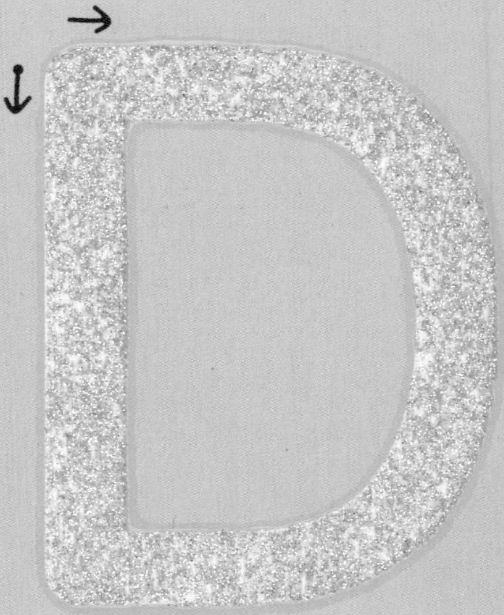
D

X M L
T R Z I P
W F Y B S
J A Q C E K
V O
G D H
N U

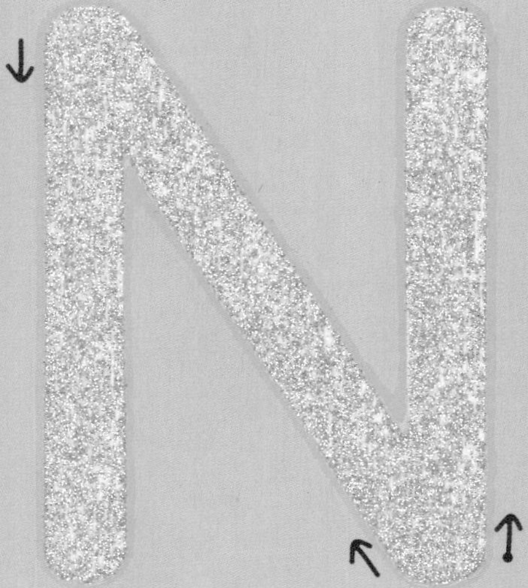
N

X M L
R T Z I P
W F X B S
J A Q C E K
V O
G D H
N U

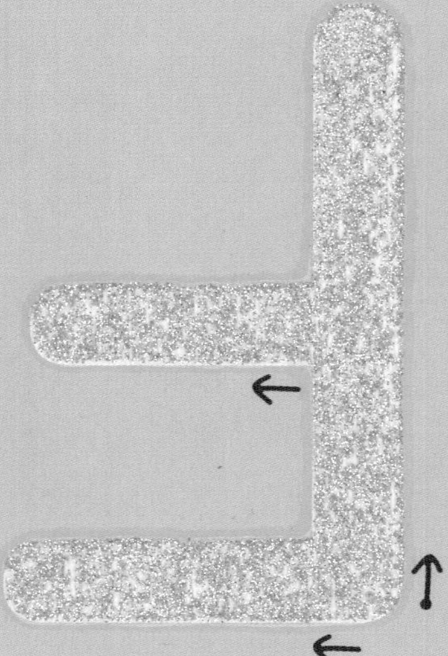

X M L T R Z I P B W F X S J A Q C E K V O G D H N U

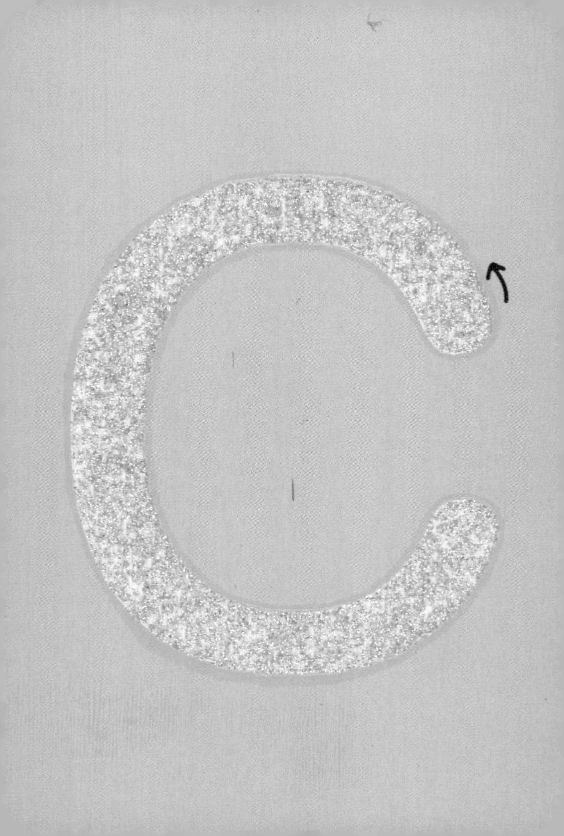
C

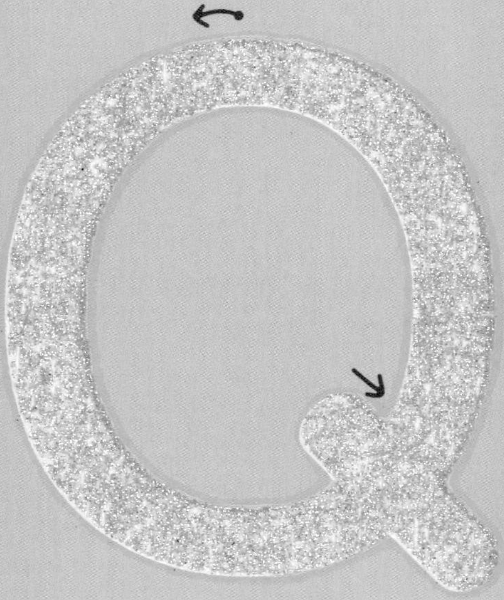
Q

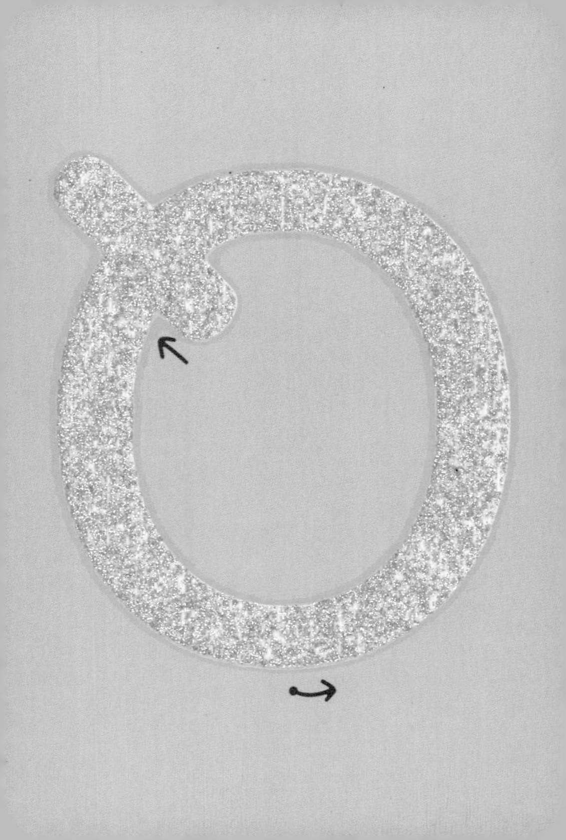

X
M
L
T
Z
I
P
R
B
W
E
X
S
J
A
Q
C
E
K
V
O
G
D
H
N
U

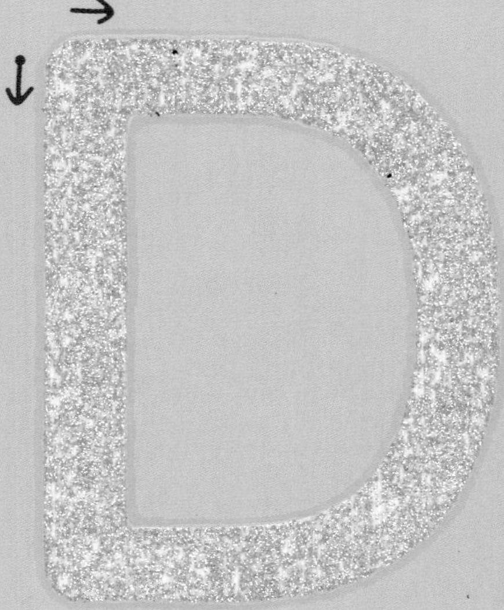

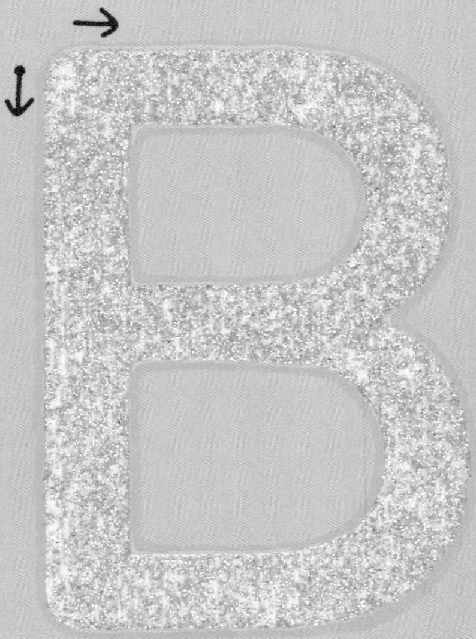
B

X M L R T Z I P W F Y B S J A Q C E K V O G D H N U

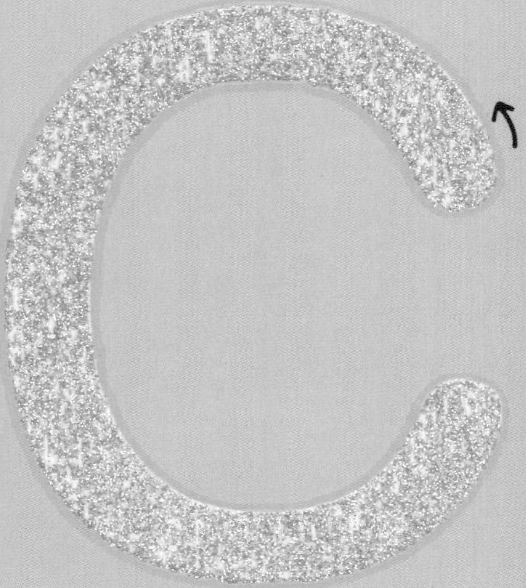

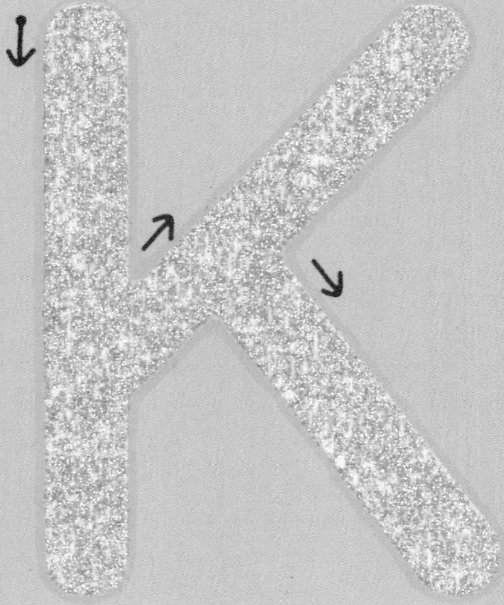
K

X
M
L
T
R
Z
I
P
W
F
X
B
S
J
A
Q
C
E
K
V
O
G
D
H
N
U

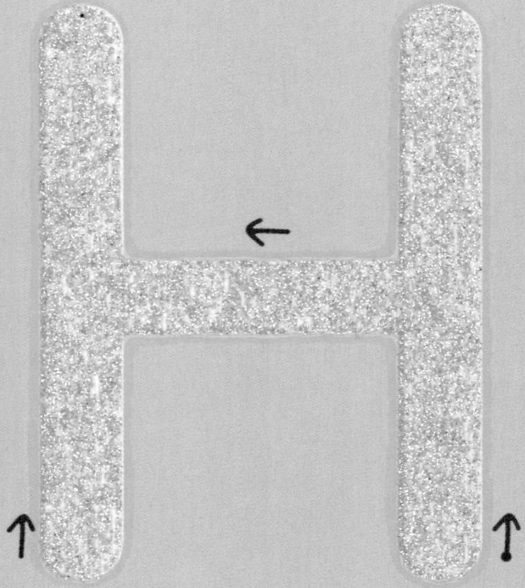

X
M
L
T
R
Z
I
P
B
W
F
Y
S
J
A
Q
C
E
K
V
O
D
G
H
N
U

K

M
L
X
R
T
Z
I
P
B
W
F
X
S
J
A
Q
C
E
K
V
O
G
D
H
N
U

L

M
L
X
T
Z
I
P
R
W
F
X
B
S
J
C
E
K
A
Q
V
O
H
G
D
N
U

t

M L
X T Z I P
R
W E X B S
J A Q C E K
V O
G D H
N U

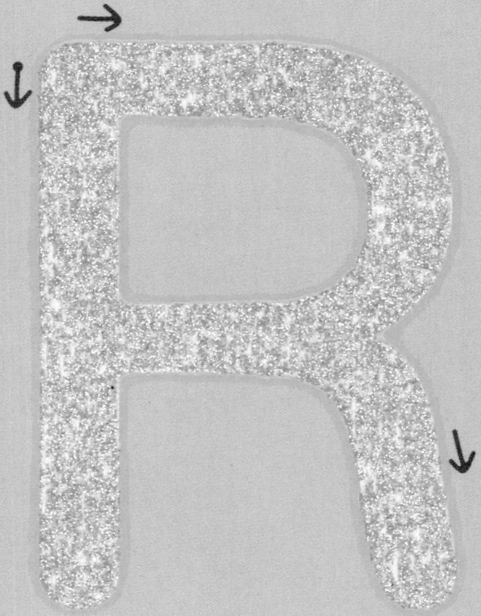
R

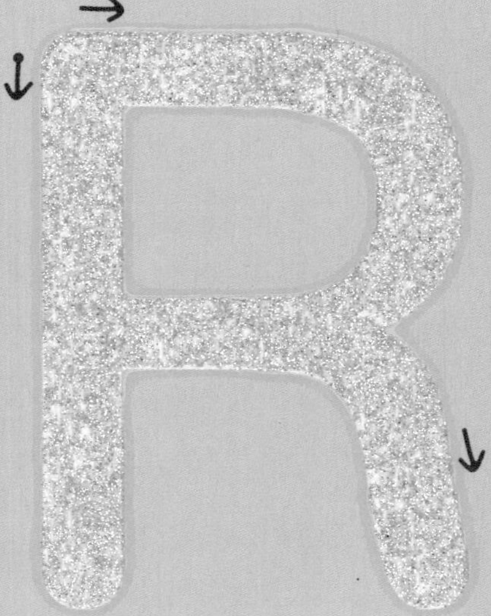
R

M
L
R
T
Z
I
P
W
E
B
S
J
A
Q
C
E
K
V
O
G
D
H
N
U

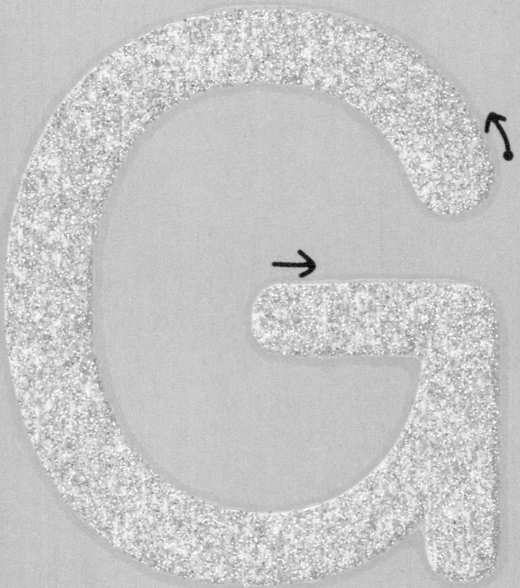
G

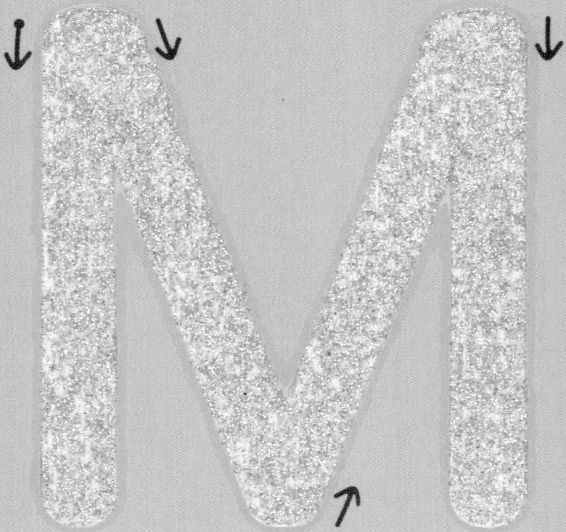
M

M
L
X
T
Z
I
P
R
B
W
F
Y
S
K
J
C
E
A
Q
V
O
G
D
H
N
U

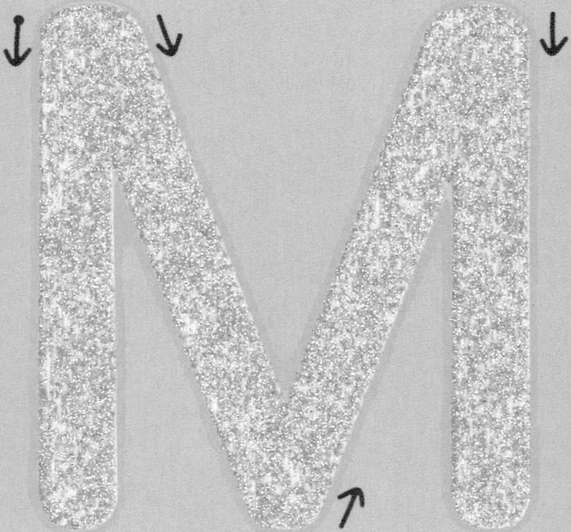
M

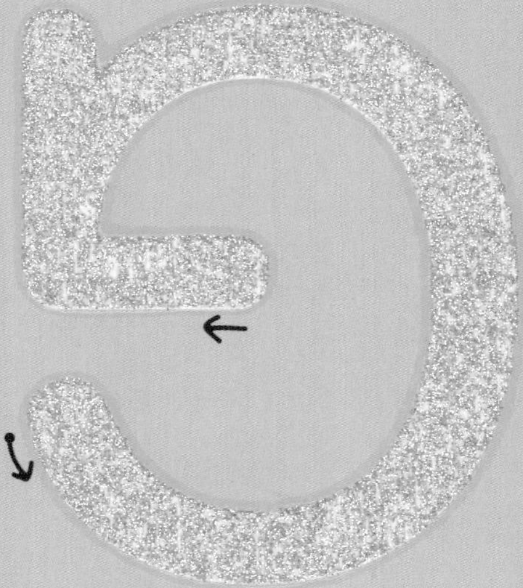

X
M
L
T
R
Z
I
P
W
F
X
B
S
J
A
Q
C
E
K
V
O
G
D
H
N
U

X M L R T Z I P W F Y B S J A Q C E K V O G D H N U

Y

X
M
L
T
R
Z
I
P
B
W
F
Y
S
J
A
Q
C
E
K
V
O
G
D
H
N
U

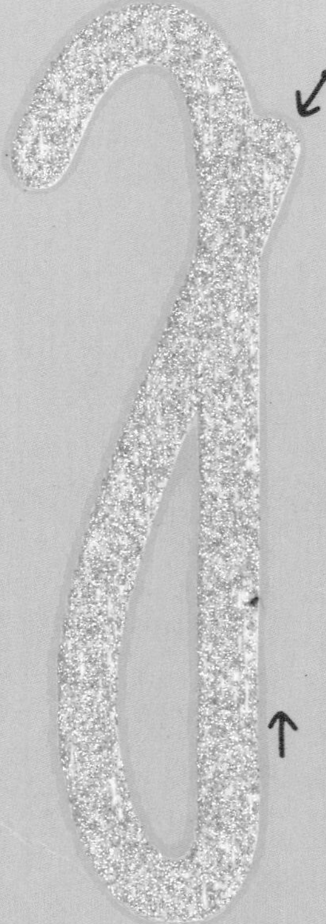

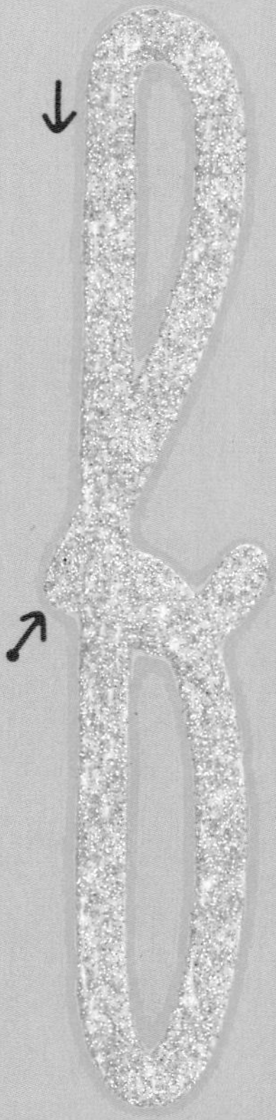

M
L
X
T
Z
I
P
R
B
W
E
X
S
J
C
E
K
A
Q
V
O
G
D
H
N
U

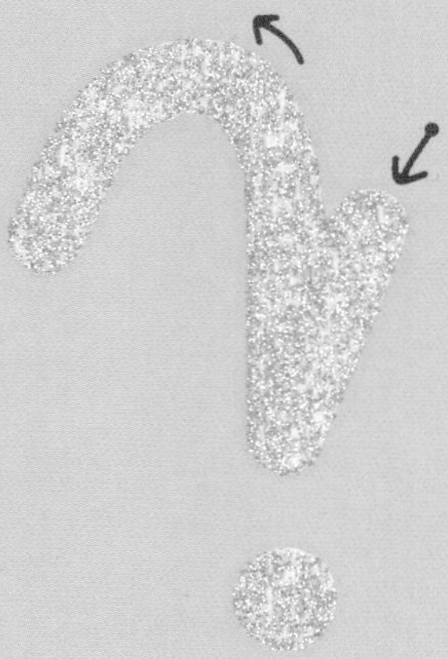

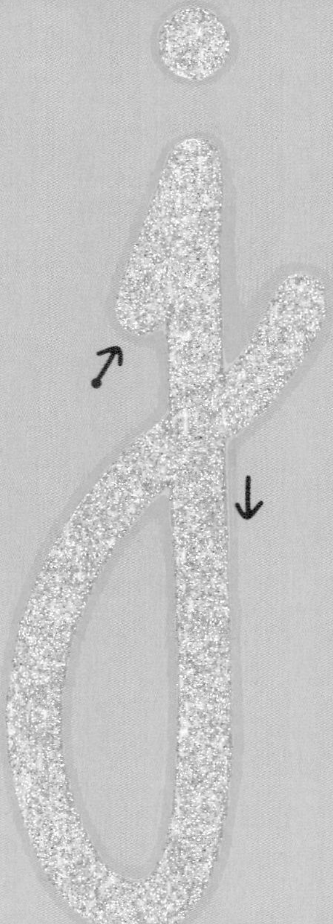

X M L
R T Z I P
W E B S
J A Q C E K
V O
G D H
N U

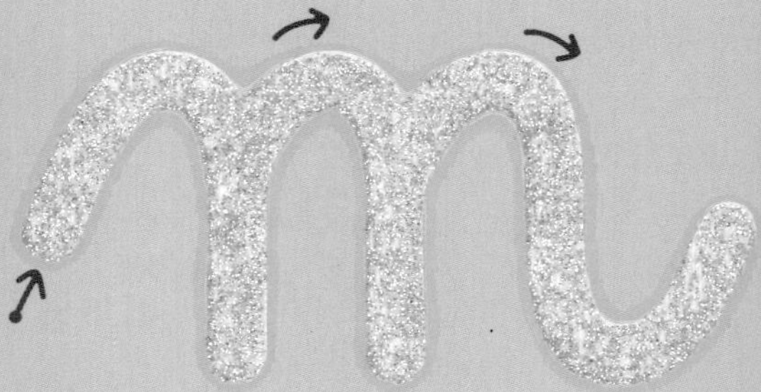

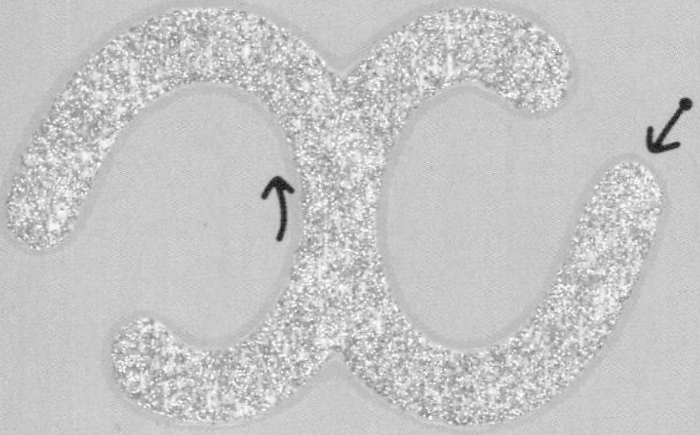

X M L
R T Z I P
W F X B S
J A Q C E K
V O
G D H
N U

M
L
X
T
Z
I
P
R
B
W
E
X
S
J
A
Q
C
E
K
V
O
G
D
H
N
U

m

X M L
R T Z I P
W F Y B S
J A Q C E K
V O
G D H
N U

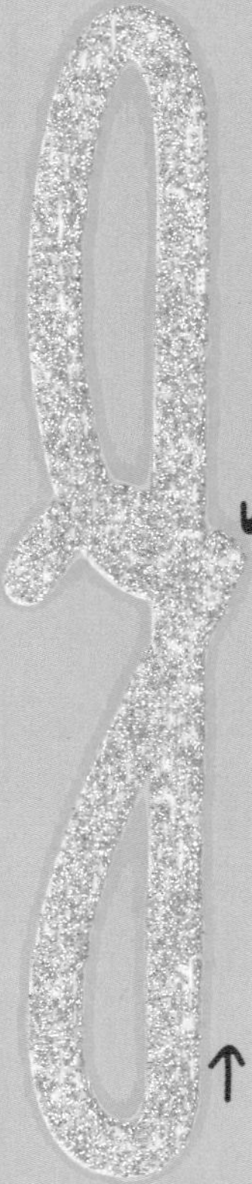

X M L
T Z I P
R
W F X B S
J A Q C E K
V O
G D H
N U

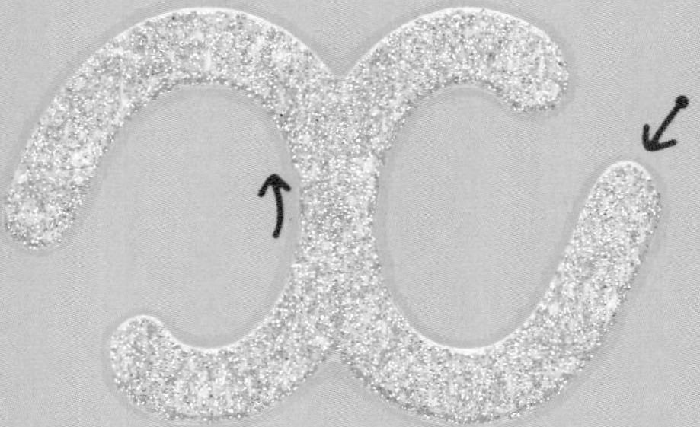

M
L
X
P
R
T
Z
I
W
F
Y
B
S
J
A
Q
C
E
K
V
O
G
D
H
N
U

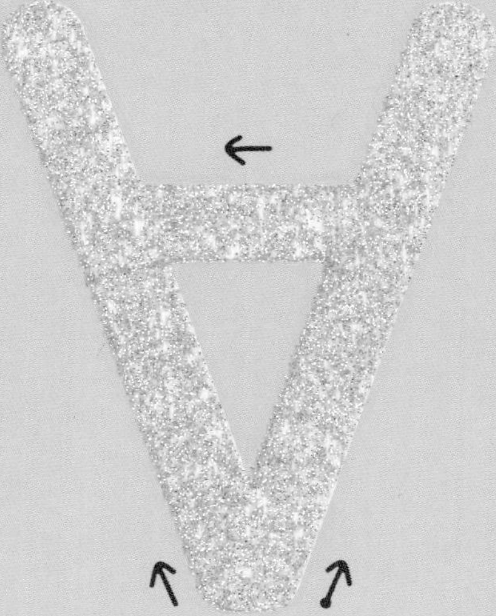